Für alle Tierfreundinnen und Tierfreunde
Mit offenem Herzen
Mit helfenden Händen
Mit liebevoll, tröstenden Worten
Für alle meine Tiere,
die mich treu im Leben begleitet haben

Vor allem für meinen
Bruder Albin

# Die Autorin und ihre „Melody"

Birgitta Zörner hat bereits mehrere Bücher veröffentlicht, vor allem Gedichtbände, philosophische Märchen und Impressionen sowie ein meditatives Weihnachtsbuch.

Ihr Buch „Melody" lässt sich nicht klar einer Gattung zuordnen, Realität und Fiktion vermischen sich, epische, dramatische und lyrische Elemente fließen zusammen und schaffen eine kleine lyrische Hundegeschichte.

Vieles daraus entspricht dem tatsächlichen Leben ihrer Colliehündin Melody, die in Ich-Perspektive aus ihrem Leben erzählt.

Da die Autorin Lehrerin für Deutsch und kath. Religion an einem Gymnasium ist, spielen auch in dieser Geschichte das Lernen und der Wissensdrang der kleinen Melody eine große Rolle. Im fiktiven Teil besucht Melody eine besondere Hundeakademie, um eine schlaue Hundedetektivin zu werden.

Ob sie das wirklich schaffen wird?

Die Leser können gespannt bleiben.

Der Umgang mit ihren tierischen Gefährten, verbunden mit der Achtung vor der Schöpfung Gottes und der Liebe zur Natur hat der Autorin Anregung für ihr neues Buch geschenkt.

Die wichtige Bedeutung von Hunden als Familien-, Begleit- und Therapiehund wird besonders gewürdigt.

Zudem ist diese Geschichte ein Appell für einen würdevollen Umgang mit den Geschöpfen unserer Erde.

**„ Ich bin Leben, das leben will,**

**inmitten von Leben, das leben will."**

**(Albert Schweitzer aus:**

„Die Lehre von der Ehrfurcht vor dem Leben")

Birgitta Zörner

# Melody

## Eine lyrische Hundegeschichte

© 2017 Birgitta Zörner Erstveröffentlichung 2014
Coverzeichnung: Helga Fleisch
Bildrechte: Birgitta Zörner (Privatarchiv)

Verlag: tredition. GmbH, Hamburg

ISBN: 978-3-8495-9502-9
Printed in Germany

Bibliografische Information der Deutschen Nationalbibliothek: Die Deutsche Nationalbibliothek verzeichnet diese Publikation in der Deutschen Nationalbibliografie; detaillierte bibliografische Daten sind im Internet über http://dnb.d-nb.de abrufbar

**Colliemädchen "Zala Melody of Golden Gate"**

„Melody" (engl. für „Melodie")

Im Buch verwendet Melody in Monolgen

Begriffe wie „Menschin", „Frauli", „Futterli" u.a.,

die ohne Erklärung für sich sprechen

und verständlich sind.

# Inhaltsverzeichnis

# Prolog

„Das Leben ist geborgen bei

einem treuen Freund."

(aus dem Buch Jesus Sirach 6,16)

„Jedes Geschöpf ist

mit einem anderen verbunden
und jedes Wesen
wird durch ein anderes gehalten."

(Hildegard von Bingen)

# Teil I   Die kleine Melody

Oh, wer ist denn da, wer nimmt mich dann da hoch, ein ganz anderer Geruch, aber das fühlt sich gut an, schöne warme Hände, die mich streicheln.

Jetzt bin ich ganz nah an einem großen Gesicht,
Augen, die mich anschauen, es sind liebe Augen, das merke ich.

Anscheinend ist dieser Mensch nur an mir interessiert, all die anderen kleinen Welpen bekommen nicht so viel Aufmerksamkeit wie ich, das ist irgendwie ganz toll.

Da gebe ich ihr, dieser großen Menschenfrau, doch gleich ein Küsschen  und schlecke an ihrem Öhrchen, das scheint ihr zu gefallen, denn sie liebkost mich noch mehr.

Und meine Hundemutter Roxy hat auch nichts dagegen und liegt ganz brav neben uns.

Ich fühle mich echt wohl, langsam werde ich müde und muss gähnen.

Was ist denn jetzt los, die Menschin ruft auf einmal erfreut:

„Melody, ja, das ist es, die Kleine soll Melody heißen, sie hat so eine kräftige und melodische Stimme, Melody, eine kleine bunte Melody".

Anscheinend meint sie mit „Melody" mich.

Sie schaut mich mit ihren hellen Augen an und hält mich sanft fest, das gefällt mir gut.

Dann komme ich wieder zu meinen anderen Geschwistern in die Wurfkiste. Und meine Hundemama legt sich ganz entspannt zu uns.

Ich habe großen Hunger und trinke bei Mama, das schmeckt so gut.

Aber immer wieder muss ich hinüber zu den großen Menschen schauen.

Sie sitzen zusammen und verstehen sich prima.

Dann kommt noch einmal diese warme Hand über mein Fell und die Stimme sagt ganz sanft „meine Melody" zu mir und ich fühl mich so wohl.

Tage vergehen.

Wir dürfen die Wurfkiste im Wohnzimmer verlassen. Das ist echt aufregend, es gibt so viel zu sehen und zu erleben. Die Welt ist doch größer, als ich gedacht habe.

Der Garten draußen gefällt mir, die Luft,

besonders der Duft des Grases

Wir spielen und toben.

Ich bin die Kleinste und muss immer etwas kämpfen, dass ich nicht zu kurz komme.

Tage vergehen.

Wir werden größer und erleben eine Menge zusammen mit unserer Hundemama Roxy und unserer Ziehmama Gaby, die ich auch sehr gern mag.

Aber da ist in mir die Erinnerung an diese Menschin mit den hellen Augen und der besonderen Stimme mit den beiden Worten „meine Melody".

Tage vergehen.

Ein Auto hält draußen an, ich kenne das Geräusch schon, denn mit Gaby sind wir auch mit einem solchen Gerät gefahren.

Aber dieses Geräusch ist irgendwie anders.
Und dann kommen auch Schritte direkt zu unserem Welpenhaus in den Garte.
Ich schaue und schaue wie gebannt. Ja, das ist sie, ich erkenne sie sofort und dann auch noch diese Stimme:

„meine Melody".

Sie meint mich, ich sitze ganz aufmerksam da und blicke zu ihr hoch.

Unser ganzes Rudel ist nun um uns herum versammelt und sie hat gar keine Angst vor den vielen großen Hunde, die sich um sie scharen, meine Mama Roxy, mein Papa Iven, meine Verwandten und alle meine Geschwister. Wir bekommen leckere Hundekekse aus ihren Händen, die so gut schmecken.

Dann nimmt sie mich hoch auf den Arm und ganz nah an ihren Hals, da fühle ich mich echt geborgen, sie duftet so schön nach meiner Menschin Birgitta.

Ich lege mein Köpfchen an ihre Schulter, spüre ihre Wärme, Gitta steht mit mir zusammen inmitten unseres Collierudels.

Hoffentlich bleibt sie diesmal für immer hier bei uns, Tag für Tag und Nacht für Nacht.

Dann geht sie mit Gaby zusammen ins Haus.


Ich warte draußen beim Welpenhaus auf der Wiese, wo ich mit meinen Geschwistern Ball spiele, richtige Lust dazu habe ich nicht.

Da kommt sie wieder, schnell bringe ich ihr den Ball, schnell wie der Wind, sie lacht und freut sich sehr, sie streichelt mich und sagt:

„Meine Melody, bis bald!"

Doch was ist jetzt, sie geht den Weg ohne mich weiter. Ich bin traurig, warum kann sie denn nicht bei uns bleiben

Und Gitta denkt:

Kleines Wesen

voller Leben und Lebenswille,

große weiße Pfote

einer wundervollen Colliemutter,

Einheit und Lebenskraft

Harmonie und Schönheit,

Wochen werden vergehen,

Monate kommen und gehen,

Menschen werden dich sehen

und sich in dich verlieben.

Eine Herzensliebe

macht den ersten Schritt auf dich zu.

Lebensbegleiterin durch Höhen und Tiefen,

Sommer, Regen und Wind.

Im Moment ist Frühlingszeit,

Tage vergehen.

Es sind schöne Tage mit meinem Rudel und meiner Ziehmama Gaby, wir spielen und lernen eine Menge, das macht viel Spaß, die Sonne lacht, die Wiese duftet wundervoll, das Futter schmeckt lecker.

Ich bin schon wieder gewachsen, natürlich sind meine Brüder größer und robuster, zwei sind schon von Menschen mitgenommen worden, die auch mit dem Auto hier bei uns waren, was mit meinen Brüdern wohl jetzt los ist, frage ich mich oft.

Manchmal vermisse ich sie schon, aber es gibt täglich so viel Neues.

Nachts träume ich oft von den hellen Augen Gittas, die mich anblicken und dann sagst sie „Meine Melody" und bleibt immer bei mir und das Herrchen spielt mit mir Fußball.

An einem sonnigen Tag sehe ich, wie Gaby schöne Sachen in einen großen Kasten packt, Bällchen, Decken, meine Leinen, Spielsachen und diese leckeren Dosen und Pakete.

Ich merke, dass heute etwas Besonderes passieren wird, denn all diese Sachen scheinen nur für mich zu sein.

„Meine Melody", ja, da ist sie wieder, diese Stimme, diese hellen Augen, aber vor allem ihre zarten Hände.

Meine Ziehmama streichelt mich und gibt mich in Gittas Arme, dann darf ich auch noch auf Herrchens starken Arm.

Die drei Menschen haben Wasser in den Augen. Aber das ist anscheinend nichts Schlimmes, weil mich Gitta lieb umarmt und auf mein Köpfchen ein Küsschen gibt.

Dann geht alles ganz schnell, auf einmal sitze ich im Auto auf Herrchens Arm, den ich schon sehr mag, er spricht so sanft mit mir, ich habe überhaupt keine Angst.

Es dauert gar nicht so lange und wir halten an. Was wird wohl jetzt passieren, gehen wir wieder zum Welpenhaus?

Hier sieht es aber ganz anders aus, ein großer Garten, ein hohes Tor, viele Bäume.

Die Sonne scheint, wir gehen eine Treppe hoch, eine Tür geht auf und dann setzt mich Herrchen in mein Hundebettchen, das hier in einem großen hellen Zimmer steht.

Eine liebe Oma begrüßt mich mit bewegter Stimme und nimmt mich auf den Arm, was ich mir gerne gefallen lasse.

Das große Paket von Gaby ist auch da, wir packen gemeinsam einiges aus.

Das gehört also alles hier her.

Im Laufe des Tages kann ich mein neues Heim erkunden, es gibt viele Zimmer, ich darf alles sehen. Allerdings dachte Gitta, ich hätte vielleicht zunächst Angst und würde nur in einem Zimmer bleiben, aber das ist nicht der Fall, ich möchte das ganze Haus sehen, alles gefällt mir gut, echt aufregend und spannend.

Und das Futterli schmeckt einfach super gut, ich habe eine schöne neue Schüssel und sogar zwei Wasserstellen.


Die Zeit vergeht so schnell

…und ich bin hundemüde, dann schlafe ich in meinem Bettchen direkt neben Herrchen ein, das Sofa gehört auch mir.

Die Zeit vergeht.

Die Erkundigung meines Reviers nimmt viel Zeit in Anspruch, ich kann schon draußen mit dem Ball spielen und kenne mich gut aus.

Die Treppenstufen muss ich noch getragen werden, denn meine Beinchen sind noch nicht so groß und stark, mein Herrchen hat große Beine und starke Hände, um mich zu tragen, obwohl ich schon recht schwer bin, aber mein Papa tut das gerne für mich.

Mit dem Auto fahren wir in den großen Wald, ich merke mir immer gut den Weg, falls wir uns verfahren sollten, damit ich helfen kann.

Manchmal ist meine Gitta traurig und hat Wasser in den Augen, weil es der lieben Oma nicht so gut geht, da versuche ich alle aufzumuntern.

Dann verfliegt für mich die Zeit wie im Flug.

Ich verstecke Omas Socken und Schuhe, natürlich weiß ich immer, wo das Versteck ist.

Oma ärgert sich und sagt, ich sei eine „Nummer zu groß", dabei bin ich doch noch klein, sagt Gitta.

Manchmal verstehe ich die Menschen nicht, aber Gitta versucht, mir immer alles zu erklären, sie ist ja auch eine Lehrerin und geht in die Schule, das weiß ich jetzt auch schon.

Dann geht sie mit einer großen Tasche aus dem Haus und kommt mit einer noch größeren wieder heim, aber da sind nicht wie sonst Hundeknochen drin, sondern nur viel Papier, mit dem ich leider nicht spielen darf. Sie sitzt dann stundenlang davor und scheibt mit einem roten oder grünen Stift.

Dass sie mich lieb hat und nie vergisst, spüre ich mit Sicherheit, denn wenn sie mit mir spricht oder spielt, lachen ihre Augen ohne Wasser einfach ganz hell wie die Sonne.

Jetzt fahren wir auch jede Woche in eine Hundeschule, es sei wichtig, meint meine Gitta, dass ich mit anderen Hunden zusammen spielen und lernen kann. Herrchen ist immer dabei und passt gut auf.

Dort in der Gruppe bin ich die größte, aber nicht die älteste, ich bin nur größer, weil ich ein Colliemädchen bin, die anderen hier kleinere Rassen wie Yorkshire Terrier, Dackel, Pudel.

Aber in der Welt gibt es auch noch viel größere Tiere, große Hunde, die wir manchmal beim Spazierengehen treffen.

Sogar die Pferde gehen wir besuchen.

Das Spielen und Toben in der Schule macht viel Spaß, aber vor allem auch das Lernen.

Ich kann schon viel,

Sitz, Platz, bei Fuß laufen und Hindernisse überqueren.

Meinen Namen "Melody" kenne ich sofort.

Aber wenn ich etwas echt nicht will, dann

stelle ich meine Ohren auf taub.

Immer wieder wundere ich mich darüber, dass mich meine Gitta oft durchschaut.

Die kann ich nicht so leicht überlisten,

aber manchmal klappt es doch,  wenn ich

sie mit meinen Augen anschaue, dann

kann sie nur schwer Nein sagen.

Von Tag zu Tag verstehen wir uns in der Familie immer besser und reagieren auf die Signale, die wir einander geben.

## Teil II   Melody wird erwachsen

Ich lerne schnell, gehe aber manchmal eigene Wege, aber nicht um Gitta oder Herrchen zu ärgern, sondern um zu zeigen, dass ich noch mehr bergreifen und lernen möchte.

Und das versteht  meine Gitta auch, na ja, sie ist eben eine Lehrerin und noch dazu meine Gitta, ganz allein mein Frauli.

Papa hat sowieso viel Verständnis für mich, weil ich ihn so lieb habe, das merkt er.


Die Zeit vergeht schnell

und ich werde größer und erwachsener,  die

großen Treppen kann ich alleine schaffen,

viele Wege kenne ich sehr gut,

über die weite, breite Straße kann ich laufen,

der Wald ist nicht mehr so groß für mich,

mein Revier gehört ganz allein mir, ich habe

alles im Blick und im Griff.

Dreimal haben wir schon zusammen meinen Geburtstag gefeiert, jetzt bin ich erwachsen... die große Freude meiner Familie.

Frühling, Sommer,

Herbst und Winter.

Jede Jahreszeit hat Schönes für uns, obwohl Gitta eine Weile sehr krank ist. Das fühle ich, denn sie lacht nicht so oft und so schön, deshalb springe ich im Garten noch höher und tanze mit dem Ball, um ihr eine Freude zu machen.

Schau mal, Gitta, was ich alles kann, nur allein für dich.

Frühling Sommer,

Herbst und Winter

PS. Bei der Erstauflage des Buches war Melody drei Jahre alt, jetzt ist sie bereits 6 Jahre, die Zeit vergeht so schnell

Frühlingserwachen
Lebendige Lebensfreude
Springen im Frühlingsgarten
Melody erlebt buntlebendige Freude
Frühlingsmelody


Sommerzeit
Wundervolle Melody
Sonnenblumen leuchten überall
Colliemädchen spendet Trost in Krankheit
Hoffnungsmelody

Farbenpracht
Buntleuchtende Früchte
Violett strahlende Herbstastern
Melody leuchtet im Sonnenschein
Wunderbar


Winterzeit
Gefüllt mit besonderem Licht
Spazierengehen im Winterwald
So liebe ich das Leben
Gekuschelt wird im Warmen
Mit meiner Familie

Frühling, Sommer,

Herbst und Winter,

die Zeit vergeht so schnell.

Wir erleben Freud und Leid

und auch die besondere Weihnachtszeit.

Jetzt tanze ich den Weihnachtsreigen

und Gitta singt dazu:


Melody auf der Erde tanzt im Kreise,

ganz besonders in ihrer Collieweise

im Garten einen Weihnachtsreigen,

will ihren vertrauten Menschen zeigen,

dass sie in ihrer Welt alles hat so gern.

Niemand darf sein heute weit entfernt.

In diesen Tagen ist so viel Neues zu sehen,

Meli bleibt immer wieder staunend stehen.

Sogar der bunt glänzende Tannenbaum

erscheint ihr nachts in ihrem Hundetraum.

Zusammen erleben wir eine erfüllte Zeit,

in Gemeinschaft und Verbundenheit,

in der ich immer erwachsener werde.

## Teil III  Melody geht ihren Weg

Ich weiß nicht, wie ich das meiner Familie erklären soll, dass ich noch mehr lernen möchte.

Die normale Schule hat mir nicht gereicht, ich möchte mehr erkunden, mehr wissen und mehr tun als ein normaler Haushund.

Ja, das ist mein Wunschtraum!

Das habe ich heute gespürt, als wir in diesem Heim die vielen armen Katzen und Hunde gesehen haben, die kein eigenes Haus und keine eigene Familie haben.

Mir Gitta zusammen waren wir im Tierheim und haben dort Sachen für die Hunde und Katzen hingebracht.

Dort war es nicht so lustig, viele hatten traurige Augen und wären gerne mit uns gegangen, aber bei uns lebt doch schon ein kleines Katzenrudel, unsere Cats, die eine bewegte Geschichte hinter sich haben, bei uns daheim sind und Liebe erfahren.

Ja, wir brauchen viele Menschen mit liebenden und großen Herzen.


**„Alle Geschöpfe der Erde**

**sind unsere Schwestern und unsere Brüder.“**

(frei nach Franz von Assisi)


**Achtung vor dem Leben**

**Achtung vor der Schöpfung**

**Achtung vor jedem Lebewesen**

**Hochachtung**


An diesem Tag im Tierheim verspürte ich den Wunsch, nicht nur ein normaler Haushund zu sein, sondern eine Hundedetektivin zu werden, die Verbrechen und Ungerechtigkeiten an Tieren aufdeckt und die Welt etwas besser machen kann.

Doch wie soll ich das meiner Familie sagen, die Hundeakademie mit dem Abschluss „Detektivin" befindet sich in der Stadt und kostet Studiengebühren.

In den nächsten Tagen überlege ich hin und her und lege mit einen Plan zurecht. Aus all den schlauen Hundebüchern und Zeitschriften suche ich Bilder von Hunden heraus, die anderen helfen können, Blindenhunde, Therapiehunde, Polizeihunde usw.

Diese Bilder stelle ich meinem Frauli auf den Schreibtisch.

Und dann warte ich ab.

Die Zeit vergeht so langsam.

Einige Tage später ruft mich Gitta:

„Meine Melody, wo hast du denn all die schönen Bilde her?"

Ich blicke mein Frauchen mit meinen dunklen Collieaugen an und spreche mit ihr auf meine Art und Weise.

Sie versteht mich: „Und was möchtest du also Besonders werden, mein schlaues Mädchen?"

Jetzt kann ich den Bewerbungsbogen für die Hundeakademie hervorholen, den ich von der Tierärztin bekommen hatte.

Da macht Gitta große Augen, aber sie versteht mich und füllt den Bogen samt Begleitschreiben aus.

Nächstes Semester wird es also losgehen, sechs Semester samt integrierter Praxis.

Die Zeit vergeht so schnell und der erste Studientag steht vor der Tür, insgesamt 6 Hundestudenten sind angetreten. Ich bin das einzige Hundemädchen, was mir aber nichts ausmacht, denn ich habe ja auch einige Brüder, unter denen ich mich behaupten musste.

Und jetzt beginnt also mein Leben als Detektivin. Morgens studiere ich fleißig an der Hundeakademie, nachmittags darf ich schon einige Fälle lösen, was ich euch jetzt gerne erzählen möchte.

Mein Frauchen Gitta gibt mir zwei Weisheiten
mit auf den Weg:


**„Ein Hund ist**
**ein Herz auf vier Pfoten."**


**„Quäle nie ein Tier zum Scherz,**
**denn es fühlt wie du den Schmerz."**

# Teil IV  Melody und ihre Freunde lösen Fälle

## 1.Fall:  Die ausgesetzte Hauskatze Mika

In den Sommermonaten werden immer so viele Tiere, vor allem auch Katzen ausgesetzt, dass die Menschen in den Urlaub fahren können.

Als kleines süßes Katzenbaby kam Minka zu einer Familie mit zwei Kindern, die sich zunächst auch voller Begeisterung um sie kümmerten, mit ihr spielten und im Garten tobten.

Doch das Interesse lässt bald nach, Minka sitzt allein im Garten oder im Haus und wartet sehnsüchtig auf ihre Freunde, die sie fest ins Herz geschlossen hat.

Wo sind die nur so lange, ich möchte so gerne mit ihnen schmusen.

Minka wartet oft stundenlang geduldig und wenn ihre Familie heimkommt, begrüße sie alle mit einem freudigen Schwanzwedeln und Köpfchengeben.

Ihr Futterli  bekommt sie natürlich dann immer, das schmeckt zwar gut, aber es wäre schöner, wenn die Kinder dabei etwas mit ihr plaudern würden.

Die Ferienzeit naht, es wird geschäftig in der Wohnung, große Kisten werden hervorgeholt, in die ihre Leute Dinge einräumen, die sonst immer hier herumlagen.

Was ist nur los, vielleicht soll das ein neues Spiel werden, das wäre toll, endlich werden sie sich wieder lange mit mir beschäftigen.

Minka wartet geduldig ab.

Dann kommt sie in den schönen Weidenkorb, mit dem sie schonmal bei der netten Tierärztin waren, danach haben sich alle mit ihr beschäftigt, oh ja,  das wäre nicht schlecht.

Also nehme ich all meinen Mut zusammen und los geht es.

Im Auto reden alle recht laut miteinander und mehrmals hält das Auto an, dann bleibt der Wagen stehen und der große Papa nimmt den Korb mit mir und läuft einige Schritte, doch wo sind die anderen.

Dann stellt der den Korb ab, ich warte, was wohl jetzt passieren wird. Durch die dichten Gitterstäbe sehe ich Papas Beine, die von mir weggehen, noch weiter weg, bis ich sie nicht mehr sehen kann.

Ich warte und warte und warte.

Langsam bekomme ich Hunger, denn die mitgegebenen Katzenkekse sind schon längst weg und zu allem Elend fängt es auch noch an zu regnen

Stunden vergehen,

eine Ewigkeit lang

Plötzlich sehe ich ein großes Tier vor mir, es ist keine Katze, oh je, ein Hund, ein großer Hund. Melody macht gerade ihren täglichen Rundgang, natürlich zusammen mit ihrem Frauchen Gitta.

Meli hat gerade Semesterferien und freut sich am Sommerduft. Was steht denn dort vorne auf diesem Waldweg in der Nähe der Straße?

Also schlage ich mal den Weg dorthin ein, Gitta wird bestimmt mitgehen, wenn sie merkt, wie schnell meine Pfötchen laufen.

Dann ruft sie: „Schau mal Melody, hier ist ein Katzenkorb mit einer getigerten Miau drin."

Wir schauen uns überall um, sehen aber keine Menschenseele und auch kein Auto ist in Sicht.

Gitta sieht ganz betrübt auch, denn sie ahnt Schlimmes.

„Dies kleine Miezekatze ist hier ausgesetzt worden, wie nehmen sie erstmal mit zu uns nach Hause. Mal sehen, was unsere Cats dazu sagen."

Meine Güte, denke ich, wir haben doch schon vier Katzen, jetzt kommt noch eine dazu, aber sie tut mir echt leid, diese arme kleine Miau .Ich werde etwas unternehmen, dass sie eine Familie bekommt.

Das werde ich schaffen, da bin ich mir sicher.

Daheim angekommen, kümmert sich Gitta um die Katzen, so dass ich Zeit habe, einen guten Plan zu schmieden.

Mikesch, Mietzi, Maxi und den Schwarzen weihe ich natürlich mit ein.

Gleich am nächsten Tag verteilen wir Steckbriefe von unserem Findling im ganzen Viertel, wo wir die Miau gefunden haben.

Tage und Wochen vergehen, immer wieder laufe ich zu der Fundstelle.

Mit dem Tierheim hat Gitta auch schon telefoniert, aber die haben gerade jetzt in der Ferienzeit zu viele Katzen, natürlich würden sie die Kleine auch aufnehmen, aber wir behalten sie zunächst bei uns im Katzengartenhaus.

Meine Semesterferien sind zu Ende und ich besuche wieder täglich die Hundeakademie, mein Plan muss jetzt endgültig in die Tat umgesetzt werden.

Mit meinen Hundestudenten haben wir einen Wachdienst eingeführt, immer muss jemand dort in der Nähe des Ortes sein, wo wir Miau gefunden haben.

Wir hoffen, dass die Kinderfreunde Miaus bald dort vorbeikommen werden, weil sie doch kein so schlechtes Herz haben können.

Wir warten und warten und wachen und wachen.

Eines Abends im August sehe ich einen kleinen Jungen mit dem Rad den Waldweg entlangradeln, er hält und ich kann erkennen, dass er Wasser in den Augen hat.

Schnell laufe ich zu ihm hin und gebe ihm den Steckbrief des Kätzchens, den ich immer in meiner kleinen Umhängetasche bei mit trage.

Jetzt weiß der Junge, dass seine Katze noch lebt und zwar bei uns.

Mit großen Schritten laufe ich vor ihm her und er folgt mir.

Am Hoftor steht schon mein Frauchen und empfängt uns. Lange, sogar sehr lange redet Gitta mit Ben, so heißt der Junge, ihre Stimme ist erregt und ganz ernst.

Der Junge hat viel Wasser in den Augen, das nennen die Menschen Weinen.

Dann telefoniert Gitta auch noch ellenlange, bis das Auto von Bens Familie bei uns vorfährt.

Jetzt bringe ich das Schreiben, das wir in der Hundeakademie vorbereitet haben.

Darin steht, dass sie sich verpflichten, niemals mehr ein Tier so zu behandeln. Außerdem werden wir regelmäßig bei ihnen daheim vorbeischauen, um Minka zu besuchen.

Damit sind alle einverstanden und Ben hat ein erlöstes Lächeln auf den Lippen.

So haben wir zwar nur eine einzige Katze gerettet, aber das zählt im Leben, denn wer auch nur eine einzige Katze rettet, setzt ein Zeichen.

## 2. Fall: Giftköder im Feld

Heute ist meine Gitta sehr traurig und sie hat wieder so nasse Augen, in ihren Händen hält sie viele große Papiere, Menschen sagen dazu Zeitung.

Dann redet sie mit dem Frauchen drüben vom Nachbargarten, die noch trauriger ist.

Wo ist nur der kleine Dackel Willi?

Er scheint nicht da zu sein, oder was

ist nur los…

Sein Bällchen liegt hier und auch sein Fressnapf steht einsam in der Ecke.

Oh nein, da hinten auf dem Balkon liegt er auf dem Boden, zugedeckt mit seiner bunten Decke, er bewegt sich nicht.

Das ist so wie damals, als die Katze Miri ganz ruhig ohne Atem im Hausflur lag und dann nie mehr gesehen wurde.


Meine Familie hat gesagt, sie sei über die Regenbogenbrücke gegangen.

Mira war sehr alt und krank, aber Will ist noch so klein und noch gar nicht alt, sogar jünger als ich.

Um es kurz zu machen, ich habe mitbekommen, dass Willi beim Spazierengehen am Schwarzbach einen Knochen gefunden und daran genagt hat, dann ist er umgefallen.

Jetzt sind wir alle ganz betrübt, Willi war ein guter Freund.


„Giftköder-Alarm", das Wort nennt Gitta, weil sie den Artikel in der Zeitung gelesen hatte.

Echt gemein, da legt ein Mensch solch böse Knochen aus, damit wir Hund diese fressen und dann qualvoll leiden müssen.

Gleich morgen werde ich diesen Fall in der Hundeakademie vortragen, ich habe schon eine Idee.

Gesagt, getan, gleich am nächsten Tag lege ich meinen Kollegen einen Plan vor, den wir dann leicht verändert in die Tat umsetzten wollen.

Der Giftköder-Täter arbeitet im Umfeld von drei Ortschaften, immer morgens liegen die Köder da, also muss er diese nachts hinbringen, und zwar in Feldgebiete, wo Hundebesitzer oft ihre Runden drehen.

Also regeln wir genau, wer von uns welche Nachtschicht übernimmt.

Nächte vergehen und nichts geschieht.

Wir weiten das Gebiet etwas aus.

Und siehe da, in einer Nacht vom Freitag auf Samstag passiert etwas. Man muss dazu sagen, dass samstags immer sehr viele Hunde unterwegs sind, so dass der Täter bestimmt etliche erwischt hätte.

So gegen 5 Uhr in der Frühe sehen wir eine dunkel Gestalt kommen, die aus einem Rucksack etwas hervorholt, genau, es handelt sich um kleine Knochen, die echt gut riechen.

Wir bleiben im Gebüsch versteckt

und nachdem der Täter alles ausgelegt hat, teilen wir uns auf, zwei von uns räumen die Giftknochen weg, zwei sagen schonmal unseren Menschen Bescheid, und zwei von uns folgen der dunklen Gestalt.

Mit meinem Schäferhundefreund zusammen habe ich die Verfolgung aufgenommen, ganz vorsichtig, damit der Täter uns nicht bemerkt.

Da er mit dem Rad fährt, müssen wir ganz schön rennen, zum Glück ist Rex ein guter Fährtenhund und auch ich halte gut durch.

Dann biegt er in eine kleine Seitenstraße ein, hält vor einem Haus und verschwindet in der Garage.

Super, jetzt wissen wir, wo er wohnt.

Der nächste Schritt ist, unsere Familien samt Polizei zu informieren, damit sie ihn auf frischer Tat ertappen können.

Allerdings brauchen wir dazu seinen Rucksack mit den Giftspuren. Das übernimmt Rex, der eine supergute Nase hat.

Er weiß, wo der Täter den Rucksack abgestellt hat und auch das Rad hat Räderspuren hinterlassen.

Schnell informieren wir meine Gitta und Rexs Herrchen, die nach einer kurzen Weile mit der Polizei eintreffen.

Der Täter leugnet alles ab, aber da bringt Rex den Rucksack und ich weise den Weg zum Fahrrad.

Ich denke an den kleinen Hund Willi, der nicht mehr bei uns sein kann, obwohl er so lebenslustig war.

Jetzt möchte ich diesem Mann den toten Willi zeigen, damit er sieht, was er angerichtet hat.

Mitgebracht habe ich Willis Ball, den ich Gitta in die Hand lege, und sie versteht mich.

„Ableugnen geht nicht mehr, sie sind überführt. Bevor sie auf die Polizeiwache gebracht werden, möchten wir ihnen noch etwas zeigen. Der kleine Willi hat sein Leben lassen müssen. Seien Sie froh, dass nicht noch mehr Hunde umgekommen sind, denn das wäre alles sehr schlimm.

Auch wenn ihr Kind einmal von einem unerzogenen Hund gebissen worden ist, gibt Ihnen das kein Rech, unschuldige Hunde zu betrafen."

Unsere Frauchen und Herrchen beschließen, den Jungen des Mannes mit auf den Hundeplatz zu nehmen, damit er die Angst vor Hunden verliert und lernt, dass die meisten Hunde gute Tiere sind.

Später haben wir alle von der Polizei Auszeichnungen bekommen, auf denen jeweils unser Name und daneben das Wort „Ermittler" steht, bei mir **„Melody – Detektivin mit Charme"**, weil ich das einzige Hundemädchen in der Ermittlergruppe bin.

Ganz stolz nehmen wir unsere Abzeichen in Empfang, danach gibt es noch eine tolle Party mit vielen gesunden Leckerbissen und natürlich mit Hundetanz.


PS. Unser Rex ist später ein Polizeihund geworden, der schlimme Drogen aufspüren kann.

## 3. Fall: Tiere verschwinden

Unser Husky-Freund Sirus kommt heute ganz aufgelöst in die Seminarsitzung, in seiner Wohngegend verschwinden immer mehr Tiere und tauchen nicht mehr auf.

Unser Professor hat auch davon gehört, dass böse Tierfänger unterwegs sind, die Tiere, vor allem Katzen, einfangen und dann Weiterverkaufen.

Bestimmt müssen die armen Geschöpfe leiden. haben große Angst und Pein, das ist ganz gemein, denn wer hört ihre Schreie.

Schnell beschließen wir, zusammen mit unseren Familien in den Zeitungen darauf aufmerksam zu machen.

Sirus hat noch eine weitere gute Idee, viele, eigentlich alle Tierbesitzer sollten ihr Tier bei TASSO registrieren lassen, denn dann werden Tiere, auch wenn sie sich nur verlaufen haben sollten, gesucht und hoffentlich auch gefunden.

Ich frage meine Gitta, was sie davon halte, da erfahre ich, dass wir alle bei TASSO registriert sind, sogar unser Hauskater Maximilian, obwohl der das Haus nicht verlässt.

Also macht alle mit,

damit unsere Tierfreunde

gefunden werden.

Mein Frauchen gibt uns hilfreiches Material, weitere Infobroschüren lassen wir uns direkt von TASSO schicken.

Hier erfahren wir wahre Geschichten über Tiere, die sogar nach ganz langer Zeit wieder zu ihrem Besitzer gebracht werden konnten. Die Freude war dann übergroß, wie wir uns gut vorstellen können.

**Zusammen**

**sind wir stark**

**und können vielleicht**

**etwas bewegen.**

## 4. Fall: Hilfe für den kleinen Timmy

Die Studienzeit an der Hundeakademie schreitet immer weiter voran, unser Hundeteam wächst immer besser zusammen und auch unsere Frauchen und Herrchen verstehen sich gut. Wir erfahren hilfreiche Unterstützung von unseren Familien.

In einer Studienlektion haben wir erfahren, dass unsereins auch als Therapiehund eingesetzt werden kann, natürlich muss zuerst eine spezielle Ausbildung absolviert werden.

Einer unsere Kumpel, ein Golden Retriever mit dem schönen Namen Kimba möchte jetzt diesen Weg einschlagen. Wir freuen uns mit ihm.

Es gibt spezielle Blindenhunde, die mit ihrem Wissen und Können das Leben von blinden Menschen in allen Lebenslagen begleiten können.

Dann gibt es Therapiehunde, die mit Kindern arbeiten, die nicht fähig sind, sich der Welt mitzuteilen. Die Menschen kennen dafür ein Wort, das heißt Autismus.

Weitere Therapiehunde werden bei der Überwachung von Kranken eingesetzt, sie spüren, wenn der Mensch in Gefahr ist und seine Medizin braucht oder schlimme Krämpfe bekommt und vieles andere mehr.

So können Hunde Leben retten und bewahren!

Unser Freund Kimba möchte diesen Weg gehen und ein Therapiehund für Kinder werden. Sein Frauchen wird seinen Weg gerne begleiten und unterstützen.

Wie sind ganz stolz, dass einer von uns eine solch wichtige Aufgabe übernehmen wird.

Unsere Studien gehen weiter, die Zeit vergeht und wie lernen viel, was uns auch Freunde bereitet, weil wir das Gelernte dann auch gut anwenden können.

Eines Tages besucht uns Kimba in einer Seminarstunde, er ist ganz aufgeregt und brennt darauf, uns etwas zu erzählen.

Er hat seine Prüfung bestanden und darf jetzt ganz alleine ohne Trainer einen kleinen Jungen betreuen, dessen Name Timmy ist.

Der Kleine hat viel Schlimmes erlebt, traut sich nicht, mit anderen Kindern zu spielen, und spricht kaum ein Wort.

Kimba hat ihn jetzt schon oft besucht.

Ganz ruhig und behutsam geht er mit Timmy um und stellt euch mal vor, Timmy teilt sich Kimba mit. Er streichelt ihn und legt seinen Kopf in sein weiches Fell.

Den Hundenamen hat der Junge auch schon vor sich her gesagt:

„Kimba, lieber guter Kimba, mein Kimba.

Ich hab dich lieb, ganz doll lieb."


Ist das nicht wunderbar.

Wir sind alle ganz glücklich,

dass unser lieber Freund Kimba

jetzt mit dem kleinen Timmy

seinen Weg gehen kann.

**Liebe kann Wunden heilen lassen, ganz langsam und behutsam.**

Jetzt bekommen alle
unsere Frauchen und Herrchen
Wasser in den Augen.

**Letzter Fall:**

**Eine ganz persönliche Aufgabe**

Die Zeit vergeht,

vergeht so schnell.


Die Ausbildung an der Hundeakademie neigt sich dem Ende entgegen.

Wir müssen alle noch eine ganz spezielle Aufgabe erledigen, um dann unsere Abschlusszeugnisse bekommen zu können.

Was soll ich denn Besonders tun,

Ich bin kein Blindenhund, kein Polizeihund,

kein Therapiehund für Kinder.


Gehört habe wir im Studium auch von ganz bekannten Hunden wie Balto oder Hachiko, von deren Liebe und Mut auch meine Gitta in Balladen ihren Schülerinnen und Schülern eindringlich erzählt.

Diese Hunde sind in die Geschichte eingegangen und ihr Leben wurde sogar verfilmt. Kennt Ihr diese Filme auch?

Dann fällt mir plötzliche ganz deutlich ein, was mir meine Gitta mit auf den Weg gegeben hat:

**„Ein Hund**

**ist ein Herz**

**auf vier Pfoten.“**

Darüber möchte ich meine Abschlusseinheit schreiben und vortragen.

Viel Wissen und Lernen ist wichtig, aber nur mit dem Herzen am rechten Fleck kann man sehen, was als Nächstes zu tun ist.

Meine liebe Omi daheim braucht mich, das weiß ich ganz sicher. Gitta hat nasse Augen, wenn es ihrer Mama, meiner Oma, nicht so gut geht. Dann muss ich mir immer etwas überlegen, dass sie wieder lachen können.
Wenn Oma Resi  ganz langsam im Hof spazieren geht, stelle ich mich ganz auf ihr Tempo ein und begleite sie.

Dann komme ich mir ganz wichtig vor, weil Oma sich über meine Begleitung so sehr freut

Mit Gitta kann ich schnell laufen und toben und hüpfen und springen, aber bei Oma versuche ich, ganz behutsam zu sein.

Auch auf mein Herrchen muss ich gut aufpassen und Rücksicht nehmen, wenn es ihm nicht so gut geht, denn er hat im Leben viel Schlimmes erlebt.

Wir sind ein tolles Team!

Mit Herz und Verstand muss man erkennen, wer es gut mit uns meint und wem wir vertrauen können, denn nicht alle Menschen sind gut, aber wir dürfen niemanden verletzen und keinem weh tun.

**„Was du nicht willst, das man dir tut,**

**das füg auch keinem andern zu."**

Meine Gitta würde das mit anderen größeren Worten sagen können, aber das kommt auf das Gleiche raus

Vor mir gab es bei uns daheim schon einige Hundegefährten Lordy I, Gera, Lordy II und eine Colliehündin Jenna.

Leider habe ich die Therapiehündin Jenna und die andern nicht hier auf Erden treffen können.

Jenna musste mit 12 Jahren über die Regenbogenbrücke gehen.

Sie hat mein Herrchen begleitet, als es ihm ganz schlecht ging. Wochenlang hat sie daheim gewartet, als er in der Rehaklinik war. Und ihre Besuche in der Reha-Zeit haben ihm sehr geholfen.

Bis zu ihrem letzten Tag war sie in Treue und Liebe für ihre Menschen da. In den Armen meiner Gitta ist sie dann ihren letzten Weg gegangen.

Das wird auch mein Weg sein: Mit

Hundeherz und Hundeverstand mit

meinen Menschen gehen und eine gute,

treue Melody sein, mit ganz eigenem

Wesen wie keine andere.

All das habe ich in meiner besonderen
Abschlussprüfung kundgetan, ganz stolz,
selbstbewusst und überzeugt.

Alle haben mich mit ganz großen Augen
angeschaut, ganz still war es im Raum.

Stelle euch mal vor, meine Abschlussarbeit
habe ich mit großem Erfolg bestanden,

„summa cum laude"

**als „Familienhündin ersten Grades**

**mit Herz, Verstand und Charme".**

Und bestimmt schreibt meine Gitta
auch noch ein Gedicht über mich.

# Epilog

Was kann ich schon tun
gegen all das Elend
gegen all die Grausamkeit
gegen all die Verbrechen
an den Geschöpfen unserer Erde,
die täglich begangen werden?

Was kann ich da schon tun?

Ich träume von einer Wiese,
auf der Geschöpfe friedlich weiden,
nicht eingesperrt in kleinen Käfigen,
nicht blutig schreiend vor Schmerzen.
Ich träume von Hundewelpen,
die mit ihrer Hundemutter
im Garten spielen und Zeit haben,
sich für das Leben zu entwickeln.

Ich träume von seltenen Tieren,

die überleben dürfen

im Hier und Jetzt.

Ich träume davon,

dass die Kinder der Welt

ebenso die Kindeskinder,

Natur erleben dürfen

mit Pflanzen und Tieren

und Artenvielfalt,

bunt und lebendig.

Ich träume von einer

Menschheit, die erkennt,

dass Profit- und Machtgier

ins Nichts führt...


**Der Traum darf nicht nur ein Traum bleiben!**
**Geh deine Schritte!**

Die Natur schreit mit klarer Stimme,

lass mich leben, überleben,

damit auch Ihr hier weiterleben könnt -

## Gedicht für Melody von Gitta
### und alle Familienhunde ersten Grades

Auf diesen bunten, aber auch dunklen Wegen,

ebenso auf ganz schmalen, schwierigen Stegen,

begleiten uns vier Pfoten mit viel liebendem Herz,

gerade dann, wenn wir spüren tiefen Schmerz.

.

Lachen, Weinen, Leben, Geben

müssen wir nicht alleine bestehen.

Den Herzenshund gibt es für mich,

vielleicht auch wirklich für dich.

Familienhunde geben Liebe und Treue,

ganz ohne Eigennutz und Reue.

Die Augen so fröhlich strahlen,

fast könnte man die Freude malen.

Auf diesen bunten, aber auch dunklen Wegen,

auch auf den schmalen und schwierigen Stegen,

begleiten und vier Pfoten mit liebendem Herz,

in Ehrlichkeit das ganze Leben, nicht im Scherz.

**Melody, drei Jahre bei uns im Lebensraum,**
**in der Wirklichkeit und nicht im Traum.**

Täglich schenkend viel Freude im Leben,
vor allem die Treue hast du uns gegeben,
so gehen wir zusammen im Lebensgarten,
oft musst du auf dein Frauchen warten.
Ihre Arbeit in Haus und Schule ist groß,
doch das ist auch des Menschen Los.
Kaum daheim, bist du im Gartengelände,
sofort streicheln dich dann ihre Hände.
Ganz warm wird es dann um Gittas Herz,
völlig vergessen ist nun jeglicher Schmerz.

**Melody, drei Jahre bei uns im Lebensraum,**
**in der Wirklichkeit und nicht im Traum.**

Geknüpft ein ewiges Treueband,
von Tierpfote zur Menschenhand,
gehen wir durch Höhen, Tiefen und das Tal,
wundervolle Stunden sind an der Überzahl.
Wir beide lieben den Wald und die Bäume,
nachts schlendern wir weiter in den Träumen.

**Melody, drei Jahre bei uns im Lebensraum,**
**in der Wirklichkeit und nicht im Traum.**

Voll Aufmerksamkeit bewachst du das Haus,
bemerkst immer alle, die gehen ein uns aus.
Gewebt haben sich ins Leben bunte Lieder,
die uns erreichen in all unseren Gliedern.
So tanzen wir jetzt den Tanz des Lebens,
das uns kann Freude und Hoffnung geben.

Melody, drei Jahre bei uns im Lebensraum,
in der Wirklichkeit und nicht im Traum,
die Zeit fließt,
man glaubt es kaum.


Mögen wir viele Jahre gehen
gemeinsam  den Lebensweg,
manchmal auch den schmalen Steg,
auch im Leid zusammenstehen.

Das Leben ist schön!


PS. Mittlerweile ist Melody jetzt 6 Jahre alt
und wir haben viel erlebt.

Und jetzt folgt ein Gedicht
für die Weihnachtszeit

## Tierweihnacht

Ganz still ist es geworden in dieser Nacht,
doch da ist jemand, der bedächtig wacht.
Die Tierschar wandert aus den Stadtmauern
bis weit fort in den Wald und das freie Feld.
Niemand darf die Schar wirklich bedauern,
denn sie erleben, wie still und weit ist die Welt
Sterne strahlen am nächtlichen Himmelszelt.
Was ist das für ein wunderbares Herzenslicht,
das da nun dringt in ihre eigene Augensicht.
Dazu kommen nun helle Töne wie ein Singen,
die bis zu ihnen nun schon hell hörbar klingen

Die Tiere spüren, ein Wunder ist geschehen,
kurz darauf dürfen sie das Christkind sehen.

In der Nacht in des Winters Einsamkeit
sind alle Geschöpfe vereint in heiler Zeit.

Die Christnacht bringt allen, die sehen,
reichen und tief erfüllenden Segen,
um Frieden zu schaffen
auf den irdischen Lebenswegen.

Den Abschluss bildet ein Gedicht, das
unsere Naturverbundenheit
zum Ausdruck bringt,
denn wir drehen täglich unsere
Runden in der schönen Natur,
in Wald und Feld.

## Natur Rund Weg

Durch alle Jahreszeiten gehe ich durch die Natur,
erlebend im Herbst die Blätter so golden bunt,
die mir eine besondere Botschaft geben kund.

Durch alle Jahreszeiten gehe ich durch die Natur,
findend im Winter einen zauberhaften weißen Steg
und mit offenen Augen sehend den Hoffnungsweg.

Durch alle Jahreszeiten gehe ich durch die Natur,
wissend, dass der Frühling das Dunkel überwindet
und mein Herz in der Natur die Wunderrose findet.

Durch alle Jahreszeiten gehe ich durch die Natur,
erfahrend Heilung für die Seele so harmonisch rund,
„Natur Rund Wege" gebe auch dir etwas kund.

## Buchempfehlung

**Hunde einfach erziehen**, Dorothee
Schneider, Franckh Kosmos Verlag, 2008.

**Die Welt in seinem Kopf**. Über das
Lernverhalten von Hunden, Dorothee
Schneider, animal learn, 2005.

**Tiere als Therapeuten**, Silvia Greifffen-
Hagen, Kynos-Verlag, 2012.

**Deutsches Assistenzhunde-Zentrum:**

http://assistenzhunde-zentrum.de

Ausgebildet werden:

Diabetikerwarnhund,

Epilepsiewarnhund,

Asthmawarnhund,

Autismushund,

Signalhund,

Demenz-Assistenzhund,

Schlaganfallwarnhund u.a

**Demnächst vielleicht mehr**

**von Melody & Gitta**

„Mein Leben als Familienhündin
ersten Grades."

Die Zeit vergeht so schnell,
also nutzen wir sie
für Gutes .


DANKE sagen möchten wir noch
unserer Freundin und Künstlerin
Helga Fleisch
für die schöne Zeichnung
von  Melody

Hier ist unser Briefkasten,
die Post hole ich persönlich ab:

hoffnungsrose@gmail.com

Frauchens Webseite:
http://www.birgittas-poesie.de

**...und unsere Erlebnisse gehen weiter...**

Zeitfracht Medien GmbH
Ferdinand-Jühlke-Straße 7
99095 Erfurt, Deutschland
produktsicherheit@kolibri360.de